錢欣葆——著

品德禮貌

The Fable Of Pupils

小學生寓言故事

前言

六至十歲的兒童是閱讀的關鍵期，適合的閱讀有助於增長知識，拓寬視野，豐富想像力，並且提高判斷是非的能力。在這個階段培養孩子良好的閱讀興趣和閱讀習慣非常重要，讓孩子學會閱讀、喜愛閱讀，受益終身。

錢欣葆先生是當代著名寓言家，寓言構思巧妙、幽默有趣、耐人尋味。文章短小精悍，語言凝練，可讀可誦。生動有趣的故事中

閃爍著智慧的光芒，蘊含著做人的道理。每篇寓言故事讓孩子感受不一樣的體驗、不一樣的樂趣，有不一樣的收穫。

《小學生寓言故事》有：誠實守信、勇敢機智、獨立思考、品德禮貌、謙虛好學、合作分享、溫馨親情、自立自強八冊。每篇寓言後面都有「故事啟示」，點明寓意，讓孩子更好地理解寓言中蘊含的深刻哲理。

這套寓言故事書，可用於家長和孩子的親子閱讀，有閱讀能力的孩子也可以獨自閱讀。美妙的文章中蘊含著人生大道理和大智

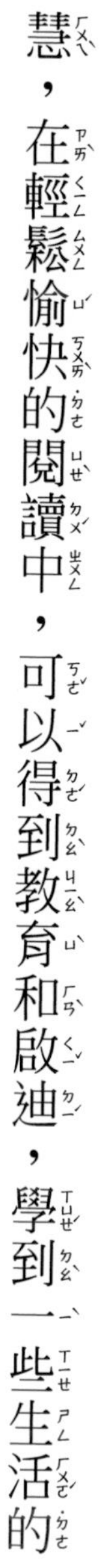

慧，在輕鬆愉快的閱讀中，可以得到教育和啟迪，學到一些生活的智慧和做人的道理。

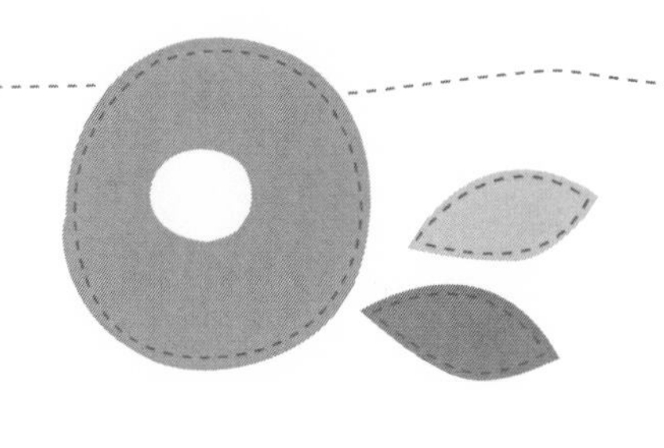

目次
Contents

品德禮貌

做人禮貌最重要，真誠對待別人，有話心平氣和好好說。禮貌和寬容是一種高貴的品德，朋友之間尤其該相互尊重和寬容。養成良好的習慣，做一個有品德、禮貌的人。

①大象的桂花樹

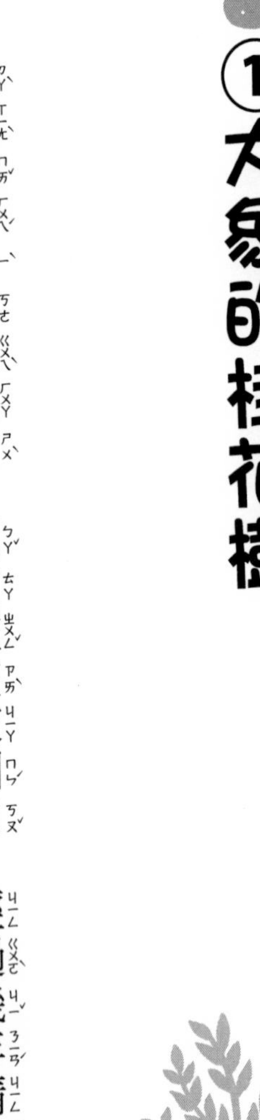

大象買回一棵桂花樹，把它種在家門口。經過幾年精心管理，桂花樹越長越大了。看著枝繁葉茂的桂花樹，大象十分高興。中秋節前桂花樹開花了，金黃色的桂花密密麻麻掛滿枝頭，香氣撲鼻。微風吹拂，桂花的幽香飄向四方。

梅花鹿聞到桂花的香味，來到桂花樹旁。她見大象不在家，就伸手折了幾枝結有一串串桂花的樹枝，高高興興帶回了家。

狗熊聞到桂花的香味，來到桂花樹旁。他見大象不在家，就伸手折了幾枝結有一串串桂花的樹枝，高高興興帶回了家。

猴子聞到桂花的香味，來到桂花樹旁。他見大象不在家，就伸手折了幾枝結有一串串桂花的樹枝，高高興興帶回了家。

猩猩、黑熊、長頸鹿等動物都來折桂花枝，沒有多久，桂花樹上的桂花全沒有了。

大象從外面回來，撫摸著沒有了桂花的桂花樹，十分傷心。

大象把鄉鄰都叫來，指著被糟蹋得不成樣子的桂花樹，對他們說：「原來，樹上掛滿金黃色的桂花，多麼漂亮。濃郁香氣在村子中隨風飄蕩，大家在自己家中也可以聞得到。你們趁我不在家，把滿樹的桂花都折掉了，這樣對嗎？」

梅花鹿對大象說：「我見樹上有那麼多的桂花，太喜歡了，忍不住折了幾枝拿回去插在花瓶裏。我說的是實話，不信你可以到我家裏去看，就折了幾枝。」

狗熊、猴子、猩猩等都說自己沒有多折，只折了幾枝拿回家插在花瓶裏。

大象說：「你折幾枝，他折幾枝，大家都來折，桂花樹上還會有花嗎？你們如果真正喜歡桂花，就不應該折桂花枝啊！」

故事啟示

帶走的花兒生命短暫，留下的美麗才是永遠。美麗需要大家呵護、珍惜，而不是占為私有。採摘和損壞花木是沒有品德的行為！

② 金絲猴的教訓

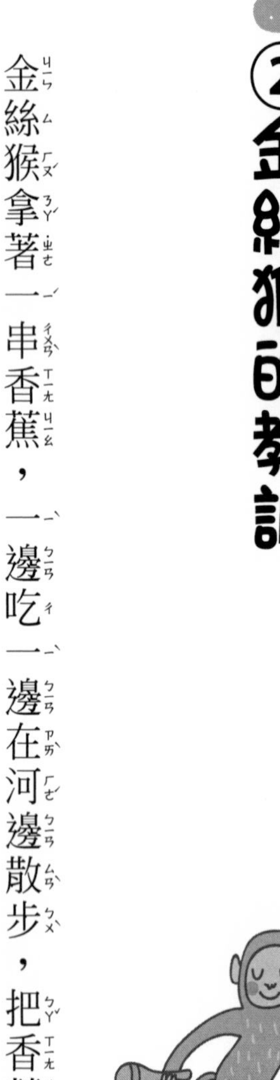

金絲猴拿著一串香蕉，一邊吃一邊在河邊散步，把香蕉皮隨手扔在石板路上。狗熊肩膀上扛著一根大木頭在石板路上快步走來，準備回家建房子。狗熊不小心一腳踩在香蕉皮上，「吱」一聲飛快向前滑，仰面朝天重重摔倒了。狗熊滑倒的一瞬間，他扛在肩膀上的木頭掉在路邊的樹叢中。野豬正在樹叢中呼呼大睡，大木頭

「卜」一聲砸在他的臀部。野豬突然驚醒，不知道發生了什麼可怕的事，慌忙衝出樹叢向前狂奔。

飛奔的野豬撞上了正在慢悠悠散步的金絲猴，「撲通」一聲，金絲猴掉進了河裏。饑餓的鱷魚見了金絲猴，張開血盆大口衝了過去。金絲猴急忙抓住倒垂在河中的柳樹枝，拚命向上爬。鱷魚一口咬住了金絲猴的尾巴向下拽，金絲猴抱著樹枝拚命向上爬，尾巴斷了一截。

金絲猴逃到了岸上，對野豬說：「我又沒有惹你，你為什麼把我撞下河？」

野豬看了一眼狗熊，無奈地對金絲猴說：「我睡覺時突然被砸醒，受了驚嚇才亂衝亂撞的。要怪你就怪狗熊，如果他的木頭不砸我，也肯定不會衝出來把你撞到河裏啊！」

金絲猴正想去質問狗熊，狗熊撿起已經被踩爛的香蕉皮，委屈地對金絲猴說：「要怪你就怪隨地亂扔香蕉皮的缺德鬼，如果沒有這該死的香蕉皮，我肯定不會滑倒，木頭也就不會掉到野豬身上啊！」

金絲猴看了一眼狗熊手中的香蕉皮，知道就是自己剛才隨手扔在這裏的。他做夢也沒有想到，自己扔的香蕉皮竟然會引出這一連串的事情，還險些被鱷魚吃掉。金絲猴呆呆地看著短了一截的尾巴，十分後悔。

故事啟示

看似無關緊要的小問題，有時也會引發意想不到的嚴重後果。養成良好的習慣，做一個有品德、禮貌的人。

③ 輸了兩次

大草原上每年都舉行一次隆重的小馬長跑比賽，跑得最快的小馬可以獲得「小千里馬」金牌和獎金。誰家的小馬榮獲這個獎項後，全家都十分榮耀。

小白馬身強力壯，平時訓練又吃苦耐勞。不僅馬爸爸和馬媽媽對他充滿信心，而且左右鄰居都一致看好他，認為是今年奪取「小

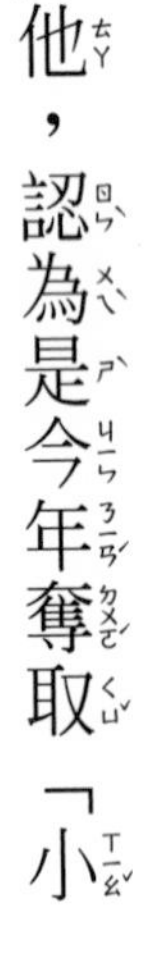

千里馬」金牌的最熱門的小馬。小白馬自己更是信心百倍，志在必得。

發令槍「砰」一聲響起，在許許多多觀賽爸爸媽媽們的助威聲中，小馬們揚蹄飛奔。他們你追我趕，跑了一圈又一圈。小白馬一直保持領先，他看了一眼身後的夥伴，覺得自己穩操勝券。

「滴鈴鈴」跑最後一圈的鈴聲響起，衝刺的關鍵時刻到了。小黑馬突然加速，超過了一直領先的小白馬，像箭一樣射向終點。觀眾們見原來不被看好的小黑馬第一個到達終點，既意外又高興，歡呼聲震耳欲聾。

頒獎結束後，小馬們紛紛向脖子上掛著金光閃閃金牌的小黑馬表示衷心祝賀。小白馬看了一眼小黑馬脖子上的金牌，一轉身，氣呼呼地回家去了。

馬爸爸和馬媽媽回到家裏，問小白馬：「你為什麼沒等爸爸媽媽一起走，就不辭而別呀？」

小白馬委屈地說：「比賽時我一路領先，原以為一定能夠拿到金牌，沒有想到金牌被小黑馬拿去了。我見到小黑馬脖子上的金牌，心裏又羨慕又嫉妒，惱恨得不得了。」

馬爸爸微微搖了搖頭，對小白馬說：「孩子，你今天輸了兩次啊！」

小白馬疑惑地問：「今天我在長跑比賽中輸了，只輸了一次，爸爸怎麼說我輸了兩次呢？」

馬媽媽語重心長地說：「還有一次是你輸在比賽後的風度上。你沒有向小黑馬祝賀，沒有打招呼就獨自離開。比賽總有勝負，輸了就要服輸。」

故事啟示

輸掉比賽雖然遺憾但並不丟臉，輸掉比賽後失去風度，沒有禮貌才是很丟臉的事情。禮貌和品德是我們和別人友好共處的金鑰匙。

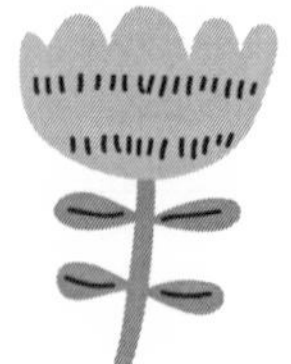

④蠻不講理的貓王

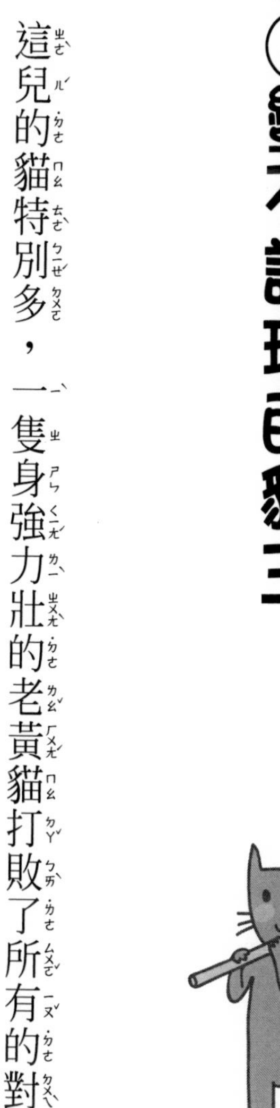

這兒的貓特別多，一隻身強力壯的老黃貓打敗了所有的對手，當上了貓國之王。貓王自以為是，蠻不講理，大家都得聽他的，誰敢違抗就修理誰。

一天，貓王肚子餓了，想找些東西吃。他見花貓拎著一條很肥的魚走過，就大喝一聲：「花貓站住，你竟敢見了本王不拜見，還不快快把魚獻給我享用?!」

花貓指著魚，說：「大王，這魚可不能給你……」

貓王不耐煩地打斷花貓的話：「怎麼，你捨不得把魚給我?!」

花貓正要說什麼，貓王卻已經等不及了，從花貓手中奪下了魚，說：「哇，多麼肥的新鮮魚啊，怪不得你捨不得給我。」

貓王正要把魚往口中送，花貓著急地說：「別，別吃……」

貓王拔出一把尖刀，厲聲說：「我貓王吃東西的時候，誰也不准說話。現在我警告你，你若再說一句話，我就割下你的舌頭！」

花貓想說又不敢說，眼睜睜看著貓王將魚吃了下去。

貓王用手輕輕拍著肚子，對花貓說：「現在我已經吃完了，你可以說話了。這魚挺鮮美的，再給我送兩條來。」

花貓說：「你剛才吃進肚子裏的是有劇毒的河豚魚啊！」

貓王聽了花貓的話，半信半疑，問道：「既然是有毒的魚，你買牠何用？」

花貓說：「我從魚市場買了不少魚，這河豚魚是混在別的魚中一塊買回來的。我發現後準備拿去深埋處理，哪知在這兒遇上了你……」

貓王氣急敗壞地說：「該死的花貓，你為何不早說呢?!」

花貓說：「我一開始就急著想告訴你，但你蠻不講理，不讓我講話，還說要割我舌頭，這只能怪你自己啊！」

貓王肚子裏的河豚魚毒性發作，他只覺得頭昏眼花，一頭栽倒在地上。

故事啟示

蠻不講理者常常傷害無辜，傷害最大的還是他自己。做人禮貌最重要，真誠對待別人，有話心平氣和好好說。

⑤美麗的竹林

清清的小河邊有一片美麗的竹林，竹林邊的翠竹村裏住著許多動物。

一天，花貓拿著砍刀來到竹林裏，砍了一根細細的小竹子。他拿回家中做成釣魚竿，到河邊釣魚去了。

黑狗見花貓去竹林裏砍了竹子，也拿了砍刀來到竹林裏砍了一根竹子。他拿回去橫掛在屋前的兩棵樹中間，用來晾衣服。

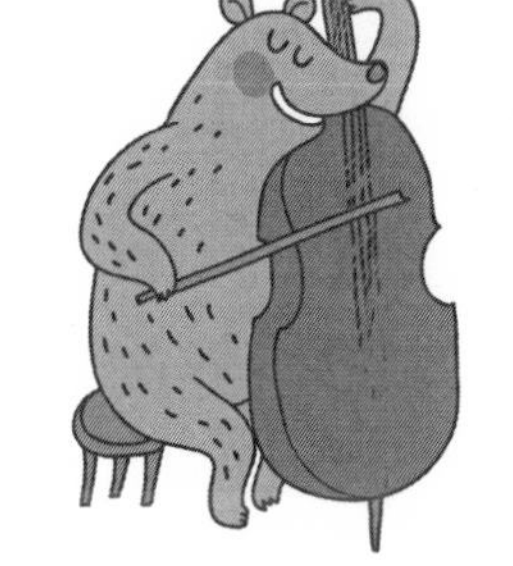

白豬見黑狗去竹林中砍了竹子，也拿了砍刀來到竹林裏砍了兩根又粗又長的竹子。他拿回家中，加工成一張竹躺椅。猴子、小熊和村子裏的其他居民見白豬去竹林裏砍了竹子，心理很不平衡。

他們心裏想：「這竹林是大家共有的，白豬可以去砍，我自己不去砍不是太吃虧了嗎？竹子可以用來做竹籃、竹席，還可以做自家屋前的籬笆呢。」

於是，他們各自回家拿了砍刀，紛紛來到竹林裏砍竹子。

「啪、啪、啪」的砍竹聲響徹翠竹村上空，竹林裏的竹子很快被砍光了，原來翠綠色的竹林成了一片光禿禿的空地。

熊貓村長外出開會回到翠竹村，見村子旁邊的竹林沒有了，覺得很陌生，以為自己走錯了村。

熊貓村長問猴子：「是誰帶頭去砍竹子的？」

猴子忙說：「不是我帶的頭，我是看見白豬砍竹子做竹躺椅後才去砍的。」

白豬不服氣地說：「不是我帶的頭，我是看見黑狗去砍了竹子做晾衣竿後才去砍的，我只砍了兩根竹子。」

黑狗分辯道：「不是我帶的頭，我是看見花貓去砍了竹子做釣魚竿後才去砍的，我只砍了一根竹子。」

花貓拿出細細的釣魚竿，委屈地說：「我是去砍了竹子，可是我只不過砍了一根很細很細的小竹子啊！」

熊貓村長嚴厲地對村民們說：「你們看到別人占便宜不去制止，而是跟著壞『榜樣』心安理得地去占更大的便宜，結果把美麗的竹林全毀了，難道你們不痛心嗎？」

故事啟示

有些人常常將自己周圍的環境當作一種免費的資源，任意地糟蹋、破壞而不知加以珍惜保護。要堅決制止破壞生態環境的行為！

⑥ 兩隻長臂猿

森林裏有一條清澈的小溪，小溪上有一座漂亮的小木橋，橋的兩邊住著許多動物。白眉長臂猿的家在小木橋的南邊，白掌長臂猿的家在小木橋的北邊，彼此來往十分方便。

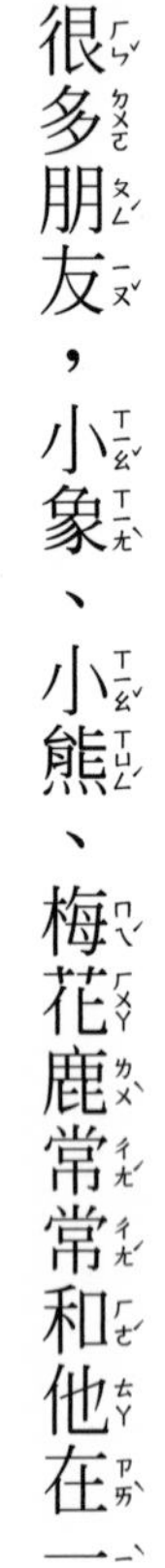

白眉長臂猿有很多朋友，小象、小熊、梅花鹿常常和他在一起玩。他們還一起合作，齊心協力採摘野果。

白掌長臂猿原來也有朋友，後來就沒有了。家在小溪北邊的金絲猴、狗熊，如今也都喜歡到小溪南邊找白眉長臂猿玩，和他一塊採摘野果。白掌長臂猿見大家都不理他，感到孤獨寂寞。

一天，他走過小木橋，對正在和白眉長臂猿一起採摘野果的金絲猴說：「我與白眉長臂猿都是長臂猿，為什麼你們都喜歡他卻討厭我？難道你們都特別喜歡他雪白的眉毛，討厭我的白色的手掌嗎？」

金絲猴微微搖著頭，說：「白色眉毛和白色手掌只是你們長相上的特點，這與交朋友沒有關係。」

白掌長臂猿疑惑地說：「那你們為什麼都喜歡找白眉長臂猿玩，與他一起出去採摘野果，卻不願意與我一起玩，一起採摘野果呢？」

金絲猴說：「白眉長臂猿在與我們一起勞動的時候，總是發揮他長臂的優勢，努力多採摘野果。大家在一起分享勞動成果的時候，他的長臂從來不先伸，總是讓朋友先拿。」

白掌長臂猿說：「我和白眉長臂猿都有一樣的長臂啊！」

金絲猴說：「你與我們一起勞動的時候總是縮著長臂不願多出力，分享野果的時候你的臂膀總是伸得特別長，每次都多吃。你交朋友缺乏禮貌和誠意，自私自利，誰願意與你做朋友呢？」

故事啟示

一個沒有品德禮貌、自私自利的人，很難找到朋友。找到朋友的唯一辦法是讓自己真正成為別人的朋友。

⑦ 愛說反話的富翁

富翁十分富有，卻覺得自己的日子過得太平淡了。一天，他突發奇想，用說反話來愚弄別人取樂。

富翁想喝茶時，就對傭人說：「我不想喝茶。」傭人就要把茶端上去。他說：「我要喝茶了。」傭人就去把茶具收掉。開始傭人們很不習慣，時間長了也就習慣了。

富翁對鄰居王二說：「你向我借的錢不要還了。」

王二覺得奇怪，心裏想：「富翁今天怎麼大發慈悲，變得這麼慷慨了？」

富翁見鄰居不理解他的本意，就說：「我說的是反話，意思是叫你快還錢！」

王二對富翁說：「你要我還錢就直說，何必說反話？」

富翁裝出很有學問的樣子，說：「這樣說話顯得文雅、幽默，你們粗人不懂。」

村民們對富翁的反話很不習慣，有時不理解他的意思。富翁最恨別人把他的反話當真話理解，他常常罵這些人為「蠢豬」。時間長了，村子裏的左鄰右舍也都慢慢適應了富翁的反話。

一天深夜，兩個強盜撬開富翁家院門，開始撬他家的大門。富翁驚醒了，他急忙大聲呼喊：「有強盜，快來人啊！」村子裏的人都聽到了富翁的喊聲，他們想：「富翁又是說的反話，鬧著玩的吧。」因此，誰也沒有理他。強盜見鄰居誰也不過來，更加膽大妄為，把富翁家的所有值錢東西洗劫一空。

第二天，富翁責怪鄰居們為什麼聽到呼救不來抓強盜。

王二說：「你不是常說反話嗎？我們以為你的意思是：『沒強盜，不要來人。』真的來了強盜，你應該喊『沒有強盜，不要來人』才對啊！」

富翁哭喪著臉，說：「平時說反話是裝斯文，見強盜撬門，又急又怕，哪裏還想到說反話啊！」

故事啟示

喜歡愚弄別人的人，其實是在愚弄自己。你文明禮貌、尊重別人，別人才樂於幫助你。

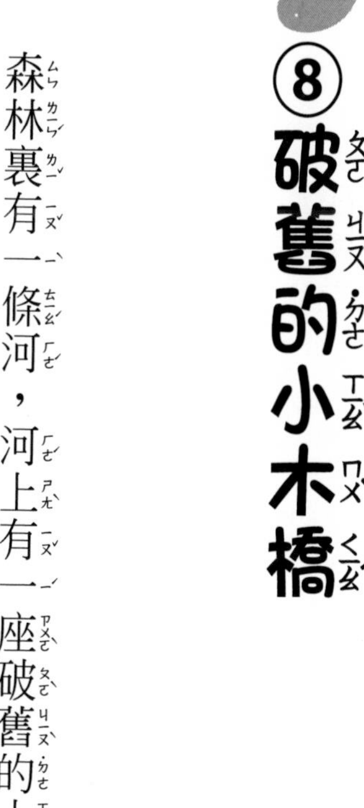

⑧ 破舊的小木橋

森林裏有一條河，河上有一座破舊的小木橋。橋上的木板已經掉脫了許多，橋的一根柱子也快斷裂了。

驢子在晃晃悠悠的橋上走過，埋怨道：「這橋壞了很久了，這樣下去很快會坍塌的！」

黑熊在「吱嘎、吱嘎」響的橋上走過，憤憤地說：「橋壞成這個樣子也沒有人管，沒有人來修！」

猴子在百孔千瘡的橋上走過，嘆了口氣說：「現在大家都只顧自己，竟然沒有誰願意來修橋！」

驢子、黑熊、猴子每天走過這座破木橋，都要如此這般發表一番議論。

一天，突然狂風呼嘯，下起了傾盆大雨。驢子、黑熊、猴子急忙往家裏奔，一起衝上了搖搖欲墜的破木橋。走到橋中央，橋「轟隆」一聲塌入了河中。

他們一個個像落湯雞一樣爬上岸，冷得直發抖，嘴裏卻還在喃喃地說：「如今動口議論的多，動手幹實事的少，我們倒大楣了。」

喜鵲說：「如果你們平時少發些議論，動手修一下橋，也不會落得今天的下場啊！」

故事啟示

有些人愛發議論，整天怨聲載道，卻不願認真做事。如果大家都少發些牢騷，多做些實實在在的事，許多問題都會迎刃而解，社會就會更加和諧。

⑨不講理的猴子

猴子在小溪邊喝水，見兩隻漂亮的蝴蝶在他眼前飛過，就急忙去抓。蝴蝶見猴子要抓他們，就忽左忽右在猴子身邊飛舞，和他鬧著玩。蝴蝶在草地上空飛，猴子兩眼盯著蝴蝶拚命追趕。灰兔吃飽了青草正在草叢中睡覺，被突然衝過來的小猴重重地踩了一腳。

灰兔生氣地對猴子說：「你走路怎麼不看腳下，橫衝直撞，踩得我好疼啊！」

猴子怒氣沖沖地說：「誰叫你躺在這裏的，擋了我的路，踩死你也活該！」

灰兔對猴子說：「你不小心踩了我，向我賠禮道歉的話，我也就原諒你。沒有想到你做錯了事還強詞奪理，蠻不講理。」

猴子拍拍胸脯，蠻橫地說：「我就不講理，你能把我怎麼樣?!」

灰兔冷靜想了想，對猴子說：「我不和你一般見識，你快走吧。不過，我的朋友在前面草叢中睡覺，你可千萬不要踩到他啊！」

猴子說：「你的朋友有什麼了不起，我照樣踩！」

灰兔說：「我朋友你可踩不得……」

猴子很不耐煩地打斷灰兔的話，大聲說：「我沒有時間聽你囉嗦，我才不相信你朋友有多大本領！」

猴子見蝴蝶又飛過來了，他兩眼盯著蝴蝶拚命地追趕。追了一會兒，猴子的腳正好踩在蜷縮在草叢睡覺的刺蝟身上。猴子的腳被刺出了血，疼得他「哇哇」直叫。

刺蝟伸了個懶腰，對猴子說：「你走路這麼不小心，怎麼踩到我身上來了？」

猴子瞪了刺蝟一眼，說：「我正在追趕蝴蝶，誰知道你睡在這裏啊！」

灰兔走過去，對猴子說：「刺蝟是我朋友，剛才我提醒過你，叫你千萬不要踩他。你不聽勸告，果然冒冒失失踩了上去。」

猴子對灰兔說：「我想你的朋友一定也是兔子，誰想到是刺蝟呢？多怪你剛才沒有講明白！」

灰兔說：「我是想講明白的，可是你不耐煩地打斷了我的話。要怪就怪你自己吧！」

故事啟示

禮貌是最容易做到的事情，也是最容易忽視的事情，卻是最珍貴的事情。冒失無禮，常常會自作自受。

⑩ 一根繩子

金絲猴和猩猩在森林裏玩，他們撿到一根結實的繩子，高興得手舞足蹈。金絲猴和猩猩把繩子的兩頭分別繫在兩棵大樹上，他們在懸掛在空中的繩子上一會兒爬行，一會兒又用兩隻腳倒掛著，玩得很開心。

狗熊看見兔子正在吃草，就衝了過去，兔子轉身就逃。兔子在金絲猴和猩猩繫在樹上的繩子下鑽了過去，狗熊沒有注意，一頭撞

在繩子上，重重地摔在了地上。狗熊爬起來一看，兔子早就逃得無影無蹤了。

狗熊生氣地對金絲猴和猩猩說：「你們把繩子繫在這裏，妨礙交通！我摔了一跤，耽誤了追趕兔子。你們要賠我兔子！」

金絲猴從繩子上跳下來，對狗熊說：「你難道眼睛瞎了，這裏明明有繩子你偏向這邊撞！」

猩猩對狗熊說：「你自己眼睛盯著兔子，冒冒失失撞在繩子上摔的跤，怎麼能夠怪我們呢？」

狗熊聽了金絲猴和猩猩的話，十分生氣。他一把抓住繩子，拚命地撕咬，繩子被他咬斷了。看著金絲猴和猩猩心痛的樣子，狗熊心裏暗暗高興。

狗熊看了一眼變成兩截的繩子，大搖大擺地走了。金絲猴和猩猩看著被咬斷了的繩子，搖頭歎息。

過了一會，金絲猴和猩猩聽見不遠處傳來喊「救命」的聲音，他們飛奔過去一看，原來狗熊掉在了一個深深的陷阱裏。狗熊看著上面的金絲猴和猩猩，哀求他們想法把自己救出陷阱。

金絲猴想了一想，飛快地回到大樹下，拿了一截繩子來到陷阱邊。金絲猴把繩子放進陷阱，可是繩子太短，狗熊搆不著。猩猩飛快地回到大樹下，拿了另外一截繩子來到陷阱邊。金絲猴把兩截繩子打了一個結，接在一起，放到陷阱中。狗熊抓住了繩子，金絲猴和猩猩齊心協力把狗熊拉出了陷阱。

狗熊看著累得滿頭大汗的金絲猴和猩猩，說：「謝謝你們救了我一命。」

金絲猴指著繩子，對狗熊說：「你應該謝謝這根繩子，如果沒有它，我們也救不了你啊！」

狗熊慚愧地低著頭。

故事啟示

沒有禮貌、沒有品德的人，常常小題大做，為一點雞毛蒜皮的小事而大發雷霆。有禮貌、講文明的人都會寬容地對待別人。

⑪擺渡

動物王國有一條大河，河上沒有橋，動物們要過河，都靠猩猩的一艘小木船擺渡。

一天，北風呼嘯，氣溫很低，眼看就要下大雪了。老虎、獅子、黑熊、小象上街回來，一起來到了渡口，他們要猩猩擺渡過河回家去。猩猩的渡船還沒有停穩，老虎急忙跳上了船，獅子、黑熊也跟著上了船。

猩猩指著渡船，說：「這渡船太小，你們三位的體重又都很重，超載是十分危險的，還是先上去一位，等下一次再擺渡吧！」

老虎、獅子、黑熊都說家中有急事，急著趕回去，誰也不願晚一會兒再走。猩猩心裏想：「這三位都是不好惹的大力士啊，得罪不起！」只好小心翼翼划槳，冒險開船。

岸上的小象看見這情形生氣了，於是伸出長鼻子，把剛剛離岸的渡船拽住了。

小象說：「我們幾位是一起趕到渡口的，你們憑什麼先走，把我丟在這裏，這不是明擺著欺侮我嗎？」

猩猩回過頭來對小象說：「渡船已經超載了，把他們渡到對岸後我就回來渡你，對不起了！」

小象把渡船拽得更緊了，說：「大家都是平等的，要走一起走，怎麼可以區別對待呢？你們都說有急事，難道我就沒有急事了?!」

小象不管三七二十一，「噔」一下強行跳上了渡船。渡船晃動了幾下，水「嘩嘩」地湧進了船艙，一會渡船就沉沒了。老虎、獅子、黑熊和小象在冰涼的河水中掙扎了好一會兒，才狼狽地爬上了岸。

猩猩渾身濕透了，他看著像落湯雞一樣的老虎、獅子、黑熊和小象，幽默地說：「先生們，你們不是急著要回家去嗎？現在船翻了，再急也沒有用，看來，我們大家只能在河這邊凍一晚了！」

老虎、獅子、黑熊和小象，大家你怪我、我怪你地互相埋怨著。

故事啟示

不懂得互相謙讓，只為自己著想，結果往往是既害人又害己。要從小養成人人為我，我為人人的品德思想，遵守公共秩序，多為別人考慮的良好習慣。

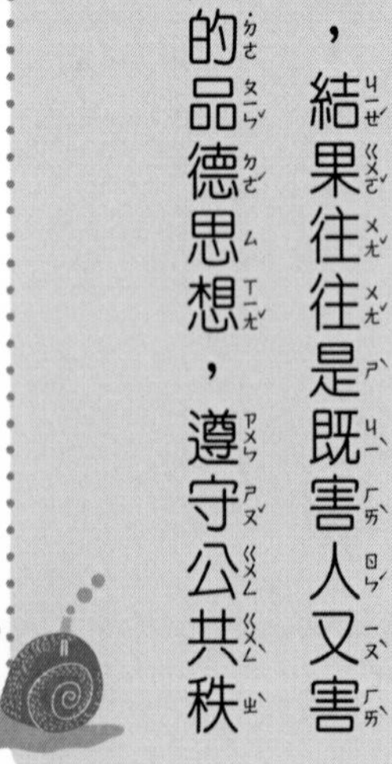

⑫ 可愛的小長頸鹿

小長頸鹿離開媽媽，獨自在森林裏玩。小長頸鹿看到灰兔在晾曬衣服，突然把長頸伸過去叼起衣服，把它掛在高高的樹上。

小長頸鹿笑著對灰兔說：「哈哈，你這麼矮，沒有辦法拿到了吧！」

灰兔生氣地看了一眼，說：「討厭的小長頸鹿，快給我把衣服取下來！」

小長頸鹿看見小狗熊在放風箏，突然把長頸伸過去，說：「你太笨，放風箏不行，還是給我放吧！」

小狗熊生氣地看了一眼小長頸鹿，說：「誰說我放風箏不行？討厭的小長頸鹿，快走開！」

小長頸鹿回到家裏，對媽媽說：「灰兔和小狗熊一定是嫉妒我有一個漂亮的長頸，所以都說我是『討厭的小長頸鹿』。」

長頸鹿媽媽說：「你不要老是埋怨別人，應該好好檢討自己啊！」

小長頸鹿又離開媽媽，獨自在森林裏玩。他看見灰兔對著被風吹到樹上的衣服無可奈何地歎氣，急忙走過去把衣服取下來交給了灰兔。

灰兔感激地對小長頸鹿說：「可愛的小長頸鹿，謝謝你！」

小長頸鹿看見小狗熊的風箏被風吹到了小溪對面的樹上，急忙走過去把長頸伸過小溪，給小狗熊把風箏取了回來。

小狗熊感激地對小長頸鹿說：「可愛的小長頸鹿，謝謝你！」

小長頸鹿回到家中，把這次外出的經過告訴了長頸鹿媽媽，還說：「剛才灰兔和小狗熊都說我是『可愛的小長頸鹿』，他們對我的態度都變了，我真是太高興了！」

長頸鹿媽媽對小長頸鹿說：「別人讚揚你，我很高興。但讓我更加高興的是，你改變了『只顧自己不顧別人』的毛病，開始為別人著想了。」

故事啟示

見別人遇到麻煩和困難，不應該袖手旁觀、幸災樂禍。應該設身處地為別人著想，急人所急，盡心盡力幫助他們。一個人是否有良好教養，也表現在是否樂於助人上。

⑬ 小猴道歉

小猴在高高的山坡上揮舞著木棍，專心練習「猴棍」武藝。小猴休息的時候，發現刺蝟蜷縮成刺球在草叢中睡覺，就用木棍推了他一下。刺蝟「的溜溜」飛快地順著山坡滾了下去。

野豬正躺在山坡下曬太陽，被突然從山坡上滾下來的刺蝟猛扎了一下。野豬受了驚嚇，拔腿就逃，不小心踩在正在草叢中休息的小鹿腳上。

小鹿狠狠瞪了一眼野豬，生氣地說：「你把我的腳踩傷了，疼得很，快賠醫藥費！」

野豬指著刺蝟，大聲說：「我原來在舒舒服服曬太陽，是他突然從山坡上滾下來扎疼了我，我才拚命狂奔踩上你的。要怪得怪刺蝟，醫藥費讓他出！」

刺蝟指著山坡上的小猴，說：「不關我的事情，是小猴把我從山坡上推下來的。要怪得怪他，應該讓他賠償醫藥費！」

小猴滿不在乎地說：「我把刺蝟推下山坡沒有惡意，只是鬧著玩。我又沒有踩傷小鹿的腳，幹嘛要我賠償醫藥費？」

猴媽媽知道事情經過後，對小猴說：「雖然你沒有踩傷小鹿，但是事情由你引起。誰都會犯錯，犯了錯誤就要勇於承擔，要學會道歉，千萬不能強詞奪理逃避責任啊！」

小猴找到刺蝟和野豬，向他們道歉，請求原諒。刺蝟和野豬見小熊真心誠意道歉，就原諒了他。小猴和刺蝟、野豬一起去看望小鹿，向她道歉，並要陪她去治療。小鹿見小猴態度誠懇，心情好了很多。

小鹿對小猴說：「你不是故意想害誰，事情是湊巧發生的。我原諒你了。我腳上的傷並不很嚴重，剛才敷了一些草藥，已經好多了，不必再去醫院治療。謝謝你們來看望我！」

小猴高高興興回到家，對媽媽說：「我原來以為道歉是軟弱無能的表現，是很丟臉的事情，現在才知道道歉後心裏會格外舒坦，感覺很有面子。」

故事啟示

道歉不僅能夠化解很多矛盾，而且會給大家帶來輕鬆和快樂。真誠的道歉顯示一個人的修養和禮貌。

⑭愛發議論的狐狸

時間過得飛快，轉眼又到了年底。動物王國又要進行一年一度的先進評選了，大象村長把村民們召集在一起，要大家談談這一年中自己取得的成績，以便推薦上報。

大象見大家不開口，看了一眼坐在一旁的金絲猴，說：「金絲猴每年都取得很多成績，是老先進，你先說說吧。」

金絲猴見大象和大夥的眼睛都看著自己，忙說：「這一年我沒有做什麼大事，只做了一些不值一提的小事情。」

大象笑著對金絲猴說：「那你就說說你做了哪些小事情吧！」

金絲猴說：「村前的小木橋被船撞壞了，橋面有些傾斜，村民過橋很危險，我修好了小木橋，還在上面裝上了木欄杆，方便大家過橋；村前的道路被洪水沖得坑坑窪窪，晚上常有村民在那裏跌倒，我運來泥土，把道路填平了……」

狐狸聽了金絲猴的話，陰陽怪氣地悄悄對身邊的狗熊說：「金絲猴太會吹牛了，是在炒作自己，哪裏配當先進？評他當『牛吹大王』才名副其實！」

狐狸講話的聲音雖然很低，但被大象聽見了。

大象把狐狸叫到面前，大聲說：「如果金絲猴沒有做過修橋補路的事，你說他吹牛沒有錯。可是，大家都可以證明金絲猴確實做了修橋補路的事，你怎麼能夠說他是在吹牛呢？」

狐狸見大夥都盯著他，有些尷尬，忙辯解道：「我的意思是說金絲猴沒有做轟轟烈烈的大事，只做了一些大家都能夠做的小事。」

大象聽了狐狸的話，大聲說：「金絲猴做的事情確實大家都能夠做，我希望大家都向他學習，爭著做有益於大家的事。金絲猴的成績是用手實實在在做出來的，讓人敬佩！下面我們請狐狸先生說說他在這一年裏做了哪些事？」

狐狸喉嚨裏像卡了雞骨頭，半天才支支吾吾地說：「我，我沒有做什麼事。」

大象幽默地說：「狐狸先生你也太謙虛了，你議論別人、搬弄是非的事情做得很多啊，怎麼說沒有做什麼事情呢?!」

故事啟示

愛議論別人的人大多出於嫉妒和陰暗心理，而自己往往沒有多少能耐。愛發議論、搬弄是非的人讓人討厭。

⑮ 金絲猴的煩惱

金絲猴垂頭喪氣地坐在大樹下的大石頭上，連聲歎氣。

梅花鹿剛好從這裏走過，關心地問金絲猴：「你今天精神萎靡不振，是生病了，還是遇到什麼煩惱的事情了？」

金絲猴抬起頭，對梅花鹿說：「我沒有生病，所以悶悶不樂，主要是為朋友的斤斤計較而煩惱。前天，和刺蝟玩捉迷藏時我躲在樹叢中，他把身體蜷縮成一個刺球，在樹叢中滾來滾去尋找我。突

然，刺蝟冒冒失失向我滾過來，我來不及躲閃，腳被他的尖刺扎傷了。我十分生氣，撿起石塊狠狠砸了他。其實我用石塊砸他只是一時氣憤，沒有想到他從此就不理我了。我們是多年的朋友，他不應該為這事就記恨我啊！」

梅花鹿對金絲猴說：「刺蝟和你玩捉迷藏時不小心尖刺扎傷了你的腳，這是他的不對，你應該寬容他才對，不應該撿石塊去砸他啊！你要珍惜你們的友誼，主動去向刺蝟賠禮道歉，以得到他的諒解。」

金絲猴委屈地說：「是他先用尖刺扎傷我的腳，我才用石塊砸他的。應該他先來向我賠禮道歉啊！他不來向我賠禮道歉，我才不高興去主動向他賠禮道歉呢！」

梅花鹿語重心長地對金絲猴說：「心胸狹窄，為小事斤斤計較，是自尋煩惱。沒有寬容大度，就不可能有真正的朋友和快樂！」

金絲猴聽了梅花鹿的話，恍然大悟。他真心誠意地向刺蝟道歉，刺蝟也向金絲猴道歉。他們又成了親密無間的好朋友。

故事啟示

禮貌和寬容是一種高貴的特質，朋友之間尤其應該相互尊重和寬容。心胸狹窄，為小事斤斤計較，是自尋煩惱。

16 水獺的外衣

美麗的森林裏有一個清徹的池塘，池塘邊是動物們聚會的地方。

今天，池塘邊聚集了許多動物，他們在這裏召開「動物皮毛外衣評比會」。在熊貓評委的主持下，動物們開始介紹自己皮毛外衣的特色。金絲猴說自己薄薄的外衣輕巧實用，有利於爬樹和翻筋斗；斑馬說自己的外衣上有漂亮的條紋，黑白相間的外衣既有個性

又很實用。還有長頸鹿、小熊等動物們都一一介紹了自己的外衣的特點，都說自己的外衣最適合自己。

梅花鹿有事來晚了，所以他的發言安排在最後。

梅花鹿說：「我的外衣上有許多漂亮的梅花，這個大家都知道。隨著季節和氣候的變化，我的外衣還有自動變化的功能。夏天天氣熱，外衣的毛就會變得短而且稀疏，穿著這樣的外衣感覺特別涼快；冬天天氣冷了，外衣的毛會變得長而且稠密，穿著格外溫暖。」

評委會一致評選梅花鹿獲得「最佳皮毛外衣獎」，金絲猴、斑馬獲得「特色外衣獎」。大家熱烈鼓掌，祝賀他們獲獎。

池塘中的水獺探出半個身子，觀察評獎已經很久了。

水獺見梅花鹿他們獲了獎，很不服氣地說：「他們的外衣有什麼了不起，我的外衣才是世界上最好的呢！我的皮毛外衣特別光亮、漂亮，是最高級的皮毛外衣。我的外衣還是天下第一的超級游泳衣，細密的毛緊緊包裹著我全身，把水和身體隔開，上岸時，外衣上點水不沾。你們說我的外衣應該不應該得獎?!」

熊貓評委看了一眼水獺，大聲說：「你的外衣水陸兩用，平心而論確實很有特色，不過我們不能給你頒獎！」

水獺憤憤不平地說：「評獎應該是公平的，你們為什麼不給我頒獎?!」

熊貓說：「評獎是公平、公開、公正的。但是你要參加評獎，應該先坦白交代你穿著這套外衣，在人家的魚塘裏偷過多少魚，準備怎樣賠償?」

水獺在大家的指責聲中，「嘩」地一下潛入水中，溜之大吉。

故事啟示

看一個人，不能光看他外表，也不能光聽他怎麼說，主要是看他的行動和心靈。

⑰ 愛看「熱鬧」的狗熊

狗熊是出了名的懶漢，除了吃就是睡，什麼事都不願意做。今天，他又在睡懶覺，快中午的時候還沒有起床。猩猩想和狗熊一起去幫助山羊公公修理被大風吹壞的房子，在門外喊了半天也沒有聽見他回答一聲。

突然，門外隱約傳來梅花鹿和金絲猴吵架的聲音，狗熊一下來了精神。他對別的事不感興趣，卻熱衷於看「熱鬧」，哪裏有吵

架，哪裏就少不了他。他一骨碌爬起來，迅速穿好衣服，飛快地奔跑到梅花鹿和金絲猴正在吵架的地方。

原來，剛才金絲猴突然從大樹上跳下來，把正好在這裏路過的梅花鹿和她的孩子嚇了一跳。梅花鹿要冒冒失失的金絲猴認錯。

金絲猴說：「難道從樹上跳下來也要經過你的同意？」

結果，兩方各說各的理，誰也不讓誰，越吵越厲害。

狗熊走上去，一會兒說梅花鹿有理，一會又說金絲猴有理。

狗熊的話使梅花鹿和金絲猴火上加油，動手扭打起來。狗熊站到一邊，幸災樂禍地觀戰。

大象見梅花鹿和金絲猴打起來了，急忙過去把他們拉開。

大象說：「大家都是鄰居，不值得為了一點小事吵架，不要老是指責對方，要多做自我批評。」

梅花鹿和金絲猴在大象的耐心勸說下，終於各自自我檢查，和好了。

狗熊見梅花鹿和金絲猴和好了，情不自禁地歎了一口氣。

狗熊的一舉一動都被大象看在眼裏，他對狗熊說：「狗熊先生，有吵架的地方都缺少不了你，今天你又來了！」

狗熊看了一眼大象，冷冷地說：「怎麼啦，看看熱鬧有什麼不對嗎？每次吵架的地方不是也少不了你嗎？」

大象說：「對，我也是哪裏有吵架就往哪裏跑，但是我和你的目的完全不同。我是努力勸阻吵架雙方，希望大家和諧相處。而你做了些什麼呢？」

狗熊灰溜溜地走了。

故事啟示

發生矛盾並不奇怪，只要大家心平氣和，都可以得到妥善解決。和諧環境需要大家努力維護。只有心理不健康和別有用心的人才喜歡看別人的「熱鬧」。

⑱ 狐狸砍葡萄

一隻狐狸來到葡萄架下，見上面掛著一串串紫色的葡萄，想摘，又搆不到。

葡萄架上的松鼠看了一眼地上站著的狐狸，笑著說：「狐狸吃不到葡萄，就說葡萄是酸的，這事早被伊索先生寫進了他的寓言中，你還是也說一聲『這葡萄是酸的』就走開吧！」

狐狸抬頭瞪了一眼津津有味吃著葡萄的松鼠，說：「伊索老頭寫的《狐狸和葡萄》的寓言我早就看過了，這固然有損我們狐狸家族的名譽，但那隻吃不到葡萄說葡萄是酸的狐狸確實太傻了。」

松鼠對狐狸說：「那你會怎麼辦呢？」

「對於美好的東西，我是絕對不會輕易放棄的，你就看我的吧！」狐狸說完，找來一些大大小小的石塊，把它們一塊塊疊起來。

狐狸把石塊疊成高高的「石柱」，自己小心翼翼地向上爬，他的雙腳終於站上了晃晃悠悠的「石柱」頂端。狐狸慢慢直起身子，用尖尖的嘴巴向一大串葡萄伸了過去，葡萄還沒有吃到，口水卻

「滴答滴答」直住下掉。眼看美味的葡萄就要吃到了，突然「轟」一聲，「石柱」坍塌了。狐狸被重重地摔倒在地，他的一隻腳被摔成了重傷，痛得他哇哇直叫。

松鼠關心地說：「你摔傷了吧？剛才我只是和你開個玩笑的，其實，你要吃葡萄的話，和我說一聲，我會採摘給你的。」

狐狸不說話，一瘸一拐地走了。一會兒，他拿著斧子又一瘸一拐地回來了。狐狸用盡全身的力氣舉起斧子，「嗖」地一下向葡萄藤的根部猛砍。葡萄藤就這樣被狐狸砍斷了。

狐狸狠狠地盯著松鼠，冷笑一聲，說：「我得不到的東西，絕不讓別人得到。」

松鼠十分痛心地看了一眼被狐狸砍斷了的葡萄藤，對狐狸說：

「你是最讓大家厭惡的狐狸！」

故事啟示

那些叫囂「我得不到的東西，絕不讓別人得到」的人，是極度自私而又狂妄的人。他們的荒唐舉動，常常傷害別人，也傷害他自己。

⑲ 一根紅皮甘蔗

早晨，馬媽媽和小馬一起在大操場上練跑步，天氣很熱，他們出了許多汗。

馬媽媽對小馬說：「我要上班去了，你也回家吧。」

小馬擦了把汗，說：「媽媽你先回去，我還要多練一會兒。你讓人給我帶一根甘蔗來解解渴就可以了。」

馬媽媽回到家中，把一根又粗又長的紅皮甘蔗清洗乾淨。

看見小猴走過，馬媽媽說：「小馬在大操場練跑步，請你幫我把這根甘蔗帶給小馬好嗎？」

小猴接過紅皮甘蔗，就向大操場方向走去。他一邊走一邊想：「這麼好的甘蔗一定很甜，我為什麼不先嘗一嘗呢？」於是他在甘蔗的根部咬了一口，真的好甜。小猴又想：「這麼長的甘蔗，吃掉一截也無所謂。」小猴於是坐下來，津津有味地吃了起來。

小猴見小豬走過來，把短了一截的甘蔗遞上去，說：「這是馬媽媽給小馬的甘蔗，請你幫忙送到大操場上去吧。」

小豬接過紅皮甘蔗，就向大操場方向走去。他一邊走一邊想：「這甘蔗一定特別甜，我幫忙帶去，吃一截理所當然。」小豬坐下來吃了一截甘蔗。

小豬見小熊走過，走上去說：「這是馬媽媽給小馬的甘蔗，請你幫忙帶到大操場去吧。」

小熊和小猴、小豬的想法一樣，他也吃了一截甘蔗。他又讓小牛帶給小馬，小牛也吃了一截。小牛又讓小象帶給小馬，小象又吃掉一截。小象來到大操場，把甘蔗交給了小馬。小馬一看，小象交給他的是一小截甘蔗梢，目瞪口呆。

小象見小馬十分疑惑，忙說：「不關我的事，剛才我只吃了一截。」

小猴、小豬、小熊、小牛都來了，他們都說自己只吃了一截。

小馬說：「吃一截甘蔗似乎不能說太過分，但如果再多經過幾個人的手，我恐怕連這甘蔗梢也見不到了。」

故事啟示

幫助別人是好事，在為別人排憂解難中自己也會感到快樂。

幫助別人應該是無私的，不能有任何私心雜念。

⑳ 愛起綽號的小豬

　　小豬和小灰兔、小猴、小山羊交上了朋友，他們在一起玩得很開心。起初，小豬和朋友們都很客氣、很有禮貌，後來他就變得很隨便了。小豬喜歡給朋友起綽號，他覺得叫朋友綽號很好玩。

　　一天，小豬看見小灰兔在吃青草，他一邊笑一邊指著小灰兔的兔唇，說：「『小豁嘴』，你又在吃青草了！」

小灰兔看了一眼小豬，生氣地說：「你怎麼可以給朋友亂起綽號呢？」

小豬若無其事地說：「這有什麼大驚小怪的，你的嘴不是豁的嗎？這個綽號很合適你，叫起來很親切呀！」

小豬見小灰兔不理他，就向正在爬樹的小猴走去。

小豬一邊笑一邊指著小猴的屁股，說：「『紅屁股』，你爬樹本領真不錯！」

小猴生氣地對小豬說：「你不能亂起綽號，這很不好！」

小豬說：「你的屁股不是紅的嗎，這個綽號很合適你。叫綽號多麼幽默有趣，何必生氣呢！」

小豬見小猴不理他，就向正揹著草回家的小山羊走去。

小豬一邊笑一邊指著小山羊的鬍子，說：「『小鬍子』，你在揹草回家！」

小山羊瞪著眼睛對小豬說：「你亂起綽號真是無聊！」

小豬說：「你不是已經長出小山羊鬍子了嗎？這個綽號正合適你。叫綽號多麼有意思啊！」

第二天早晨，小豬在小溪邊悠閒地散步，小灰兔走過去指著他的大耳朵，說：「『大耳朵』你這麼早就在散步了。」

小猴走到小豬面前，摸摸他的大耳朵，笑著說：「『大耳朵』你真早！」

小豬生氣地對小灰兔和小猴說：「我的耳朵大又怎麼啦？你們取笑我是對我的不尊重！」

小山羊對小豬說：「你給別人起綽號時覺得很好玩，現在別人給你起綽號，你怎麼就受不了啦?!」

故事啟示

給別人起綽號，是不禮貌的行為。有些人希望得到別人的尊重，但是自己卻不懂得尊重別人。要想得到別人的尊重，首先要尊重別人。

㉑黑熊的教訓

眼鏡蛇陰險毒辣，胡作非為，森林裏的動物都恨透了他。大家在一起討論了多次，可是沒有討論出對付眼鏡蛇的好辦法。眼鏡蛇十分狡猾，行動鬼鬼祟祟，很難發現他。眼鏡蛇嘴中的毒腺有劇毒，如果不小心被他咬上一口，性命難保。大夥都說，誰能夠為民除害，誰就是英雄。

一天，黑熊在小溪邊喝水，見旁邊的草叢中有動靜，就小心翼翼地走過去看個究竟。草叢中的眼鏡蛇正低頭準備進攻前面的青蛙，聽見後面有聲音，回頭氣勢洶洶地瞪著黑熊。黑熊見眼鏡蛇就要抬頭，來不及多想，用腳向眼鏡蛇的頭上狠狠地踩了下去。眼鏡蛇掙扎了一會，不動了。

黑熊大聲喊叫：「大家快來看啊，我把罪大惡極的眼鏡蛇踩死啦！」

動物們聽到喜訊，從四面八方趕向黑熊，見黑熊果然把眼鏡蛇踩在腳下，都十分高興。

梅花鹿好奇地問黑熊：「眼鏡蛇發現危險就要把頭抬得很高，你是怎麼把他的頭踩在腳下的呢？」

黑熊說：「如果眼鏡蛇抬起了頭，就難對付了，我是抓住他即將抬頭而未抬頭的時機把他踩住的呀！」

大夥都誇黑熊機智勇敢，很了不起，是森林中的英雄。黑熊聽了大家的讚揚，不由心花怒放。

猴子對黑熊說：「在你準備把腳踩向眼鏡蛇的一瞬間，你想了些什麼？」

黑熊想照直說當時根本來不及多想就一腳踩了下去，但覺得這樣說太平淡了。黑熊想了想，說：「我將腳踩下去之前，想得很多很多，有過激烈的思想鬥爭。但是我又想到這是為民除害，不能患得患失，於是就一腳踩了下去……」

黑熊一邊說，一邊用手比劃，講得興奮時，他的腳也不由自主地動了起來。裝死的眼鏡蛇趁黑熊的腳抬起的瞬間，突然衝出來在黑熊的腳上猛咬一口，然後迅速鑽進旁邊的巨石縫中逃之夭夭。

經過醫院全力搶救，黑熊才保住了性命。

故事啟示

做好事讓社會更加文明、和諧。做好事應該一心一意，不應追名逐利。有時候，虛榮心和麻痺大意還會造成慘禍，付出生命的代價。

㉒ 美麗的家園

茂密的大森林裏，有一條奔流不息的小溪。溪水清澈，兩岸古木參天，風景優美。小猴、小鹿、小熊和許多動物們都在小溪邊建造了漂亮的小別墅，他們的家十分美觀、整潔，屋外還種了許多花卉。小猴他們都為自己有一個漂亮、舒適的溫馨家園而感到自豪。

一天，小猴對夥伴們說：「為了激勵先進，樹立榜樣，我們應該進行一次評選『最美家園』活動，大家說好不好？」

小猴的提議得到了大家的一致贊成，於是他們精心製作了一塊「最美家園」的匾額，開始挨門逐戶進行嚴格的檢查，打分評比。

小猴、小鹿、小熊和別的動物們一起來到小溪下游大象居住的地方時，一下驚呆了。他們誰也沒有想到大名鼎鼎的大象，居然居住在小溪邊一塊凸出的岩石下面。這簡陋得哪像一個家呢！

小猴對大象說：「你的居住條件也實在太差了，以你的能力完全可以建造一個寬敞、舒適的美麗家園。」

大象用長鼻子擦了一把汗，說：「誰不想有一個溫馨的家，住得舒適一點？但是我忙啊……」

小鹿指著一大堆垃圾，質問大象：「你整天瞎忙些什麼，這裏還有這麼多的垃圾，你看看像什麼樣子？」

小熊對大象說：「根據你目前的情況，我們應該給你掛上一塊『最不美家園』的匾額。」

大象對小猴他們說：「你們的家園確實很美麗，但是，你們常常把垃圾丟棄在小溪中和小溪邊。要不是我堅持不懈地撿拾垃圾，及時處理，這裏恐怕早就垃圾遍地，骯髒不堪了。我們要保護好大環境，共同創建美麗的大家園啊！」

故事啟示

有些人只顧創建自己的美麗小家園，卻不顧屬於大家的美好大家園。從自己開始，培養良好的品德，從小事做起，不亂丟雜物，保持環境衛生。

㉓ 小猴呼救

春風吹拂，陽光明媚，山坡上開滿了五顏六色的花。小猴在花叢中捉蝴蝶，蝴蝶飛到哪裏，小猴就追到哪裏。突然，小猴腳下一滑，「嗤——」順著山坡飛快地滑了下去。

刺蝟和灰兔在山坡下玩捉迷藏，他們玩得很開心。小猴從山坡上滑落下來，正巧掉在刺蝟身上。小猴的臀部被刺蝟的尖刺扎傷，疼得他「哇——哇——」地叫。

刺蝟關心地問小猴說：「你還好嗎？傷得怎麼樣？」

小猴怒氣沖沖地說：「都怪你，你怎麼躲藏在這裏故意傷害我！」

刺蝟說：「我和灰兔在玩捉迷藏，你突然從上面掉落下來，怎麼能夠怪我呢？」

小猴指著刺蝟說：「不怪你怪誰？你渾身長著討厭的刺，不是好東西！」

刺蝟心平氣和地說：「我渾身長刺主要用來對付壞蛋的，從來不會傷害夥伴。」

小猴生氣地說：「你今天刺傷我，一定是把我當壞蛋了！」

灰兔對刺蝟說：「走，我們不要和不講理的在一起，到別處去玩！」

小猴越想越生氣，立刻在地上撿起石塊向刺蝟和灰兔扔去，刺蝟和灰兔只好躲藏在大樹後面。突然，一條響尾蛇從草叢中躥出來，向小猴猛衝過去。小猴嚇得渾身直冒冷汗，慌亂中跌倒在地上，大聲呼救。

刺蝟迅速把身體蜷縮成一個刺球，「滴溜溜」向響尾蛇滾過去。響尾蛇被刺蝟的尖刺扎出了血，鑽進草叢拚命逃跑。

小猴對刺蝟說：「謝謝你救了我。」

灰兔對小猴說：「要謝，你就謝刺蝟身上『討厭的刺』吧，如果沒有刺，他也救不了你啊！」

小猴慚愧地低下頭，對刺蝟說：「剛才是我自己不小心掉落在你身上的。我錯了，對不起。」

故事啟示

有些人自己不小心惹了事，總喜歡把責任強加在別人身上，強詞奪理，無理取鬧。這樣既傷害了友情，又讓人覺得沒有禮貌。

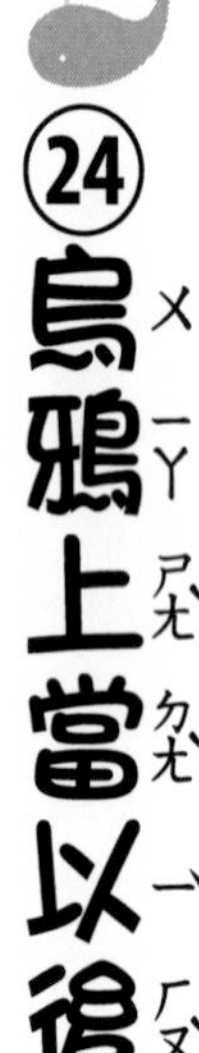

㉔ 烏鴉上當以後

烏鴉自從上回被狐狸騙走叼在嘴裏的肉以後，一直悶悶不樂，整天躲在樹枝上發呆。

烏鴉不論看見誰，都會喃喃自語地說：「我叼在嘴裏的肉被狐狸騙走了，多好的肉啊！」

金絲猴很同情烏鴉，走過去好言勸慰道：「你到了嘴裏的肉被狐狸騙走，當然是心痛的，但也不要太難受。上當受騙在一生中是難免的，重要的是吸取教訓啊！」

烏鴉肚子早餓了，他從金絲猴的話中，似乎悟出了什麼道理，他微微點了點頭，「呼啦」一下飛離了樹枝。烏鴉飛到黑熊種的玉米地裏，「篤篤篤」地啄玉米吃，一連吃了許多。他的肚子飽了，心中的氣也消了許多。

金絲猴看見烏鴉在偷吃黑熊的玉米，「呼」地一下跳過去，生氣地說：「你偷吃別人的東西，不感到羞恥嗎？」

烏鴉振振有詞地說：「我的肉被狐狸騙去了，不能白白遭受損失。偷吃一點玉米，也算是補回一點損失。我這樣做，是受你剛才話的啟發呀！」

金絲猴對烏鴉說：「我讓你吸取教訓，是叫你今後不要輕信別人的花言巧語，不要再上當受騙。你偷了玉米，從一個讓人同情的受害者，變成了讓人厭惡的害人者！」

故事啟示

不能因為自己上當受騙，而做出不文明的事情來。錯誤地吸取教訓，會使你走上歧路。勿以惡小而為之，勿以善小而不為。要做遵紀守法、樂於助人的文明人。

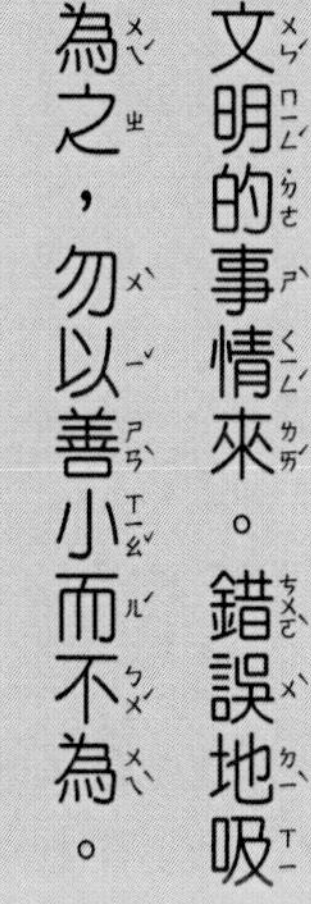

㉕ 被趕出家門的黑貓

有一個人家中有很多老鼠，不僅偷吃糧食，還咬死小雞。主人買了滅鼠藥放在誘餌中，可是狡猾的老鼠聞一下就走開了。主人買了一隻白貓對付老鼠，沒有想到在一次貓鼠大搏鬥中，白貓受了重傷後逃跑了。

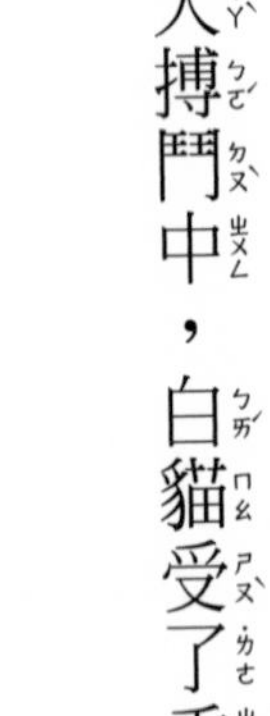

這個人聽說名種黑貓是捕鼠高手，就花高價買了一隻回家。這隻名種黑貓果然身手不凡，抓老鼠輕而易舉。老鼠們提心吊膽過日子，輕易不敢爬到洞外去。

一隻小老鼠絕望地說：「這隻黑貓實在太厲害了，我們根本不是他的對手。」

大老鼠說：「不怕他黑貓有多麼厲害，就怕他黑貓沒有什麼愛好，我們要注意觀察，看黑貓最喜愛什麼。」

經過觀察，老鼠們發現這隻強壯的黑貓很貪吃。

大老鼠高興地對同夥說：「從今天開始，我們輪流把所能找到的好吃東西偷偷放到黑貓住的地方。」

這天，黑貓回到住處，發現裏面有許多魚乾，他想一定是主人獎勵自己的，於是就高高興興大吃一頓。他吃飽後就呼呼大睡，老鼠在身邊走過也聽不見。

第二天，黑貓回到住處，發現裏面有許多香腸，他想：「不對呀，昨天我根本沒有抓老鼠，主人怎麼會給我吃香腸呢？」但他又想：「又不是我去偷的，既然放在我這裏，不吃白不吃。」黑貓吃飽後就呼呼睡大睡，老鼠偷了東西從他身邊搬過去也沒有聽見。

主人發現黑貓住處有吃剩的魚乾和香腸，以為是黑貓偷吃他的東西。主人十分惱怒，把黑貓趕出了家門。

大老鼠知道黑貓被趕走了，揚揚得意地對同夥說：「怎麼樣，我的妙計不錯吧？黑貓的愛好就是他的弱點，讓他犯錯誤，他很快就滾蛋了！」

家中沒有了黑貓，老鼠們又猖狂起來，他們成群結隊出來偷東西，咬壞衣服，主人無可奈何。

一天傍晚，黑貓突然出現在老鼠面前，他飛快地咬死了兩隻正在偷東西的老鼠。

大老鼠在洞口探出頭來對黑貓說：「你犯了錯誤，主人已經把你趕出了家門，怎麼還有臉回來?!」

黑貓說：「我會吸取教訓，識破你們的任何陰謀詭計！」

故事啟示

誰都不能保證一生中不會犯錯誤。如果能夠吸取教訓，並以實際行動將功補過，應該得到大家的諒解和支持。

㉖ 泥鰍翻大浪

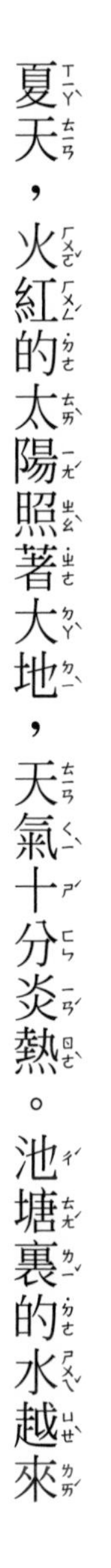

夏天，火紅的太陽照著大地，天氣十分炎熱。池塘裏的水越來越少，水溫在不斷上升。中午，大青魚把魚兒們召集在水草叢邊，召開緊急會議。

大青魚說：「幾個月沒有下雨，池塘裏的水比原來少了許多。在這種困難情況下，大家不准翻滾和跳躍，以避免把水搞渾，使環境更加惡化。大家要保持安靜，共渡難關。」

鰱魚、鯉魚、鯽魚都表態，保證在困難時期不再翻滾和跳躍，保持安靜。

大青魚看了一眼剛從池塘底爛泥中鑽出來的泥鰍，說：「你也要小心，不要把池塘裏的水弄渾了！」

泥鰍聽了大青魚的話，十分生氣，說：「俗話說得好：『池塘裏的泥鰍——翻不起大浪。』我小小的泥鰍怎麼能夠把池塘水弄渾呢?!」

下午，泥鰍從水草叢中游出來，看見鯽魚的身體正好擋在自己面前，就猛衝過去把他推開。鯽魚正在安安靜靜休息，身體突然遭到攻擊，驚慌逃跑。鯽魚在逃跑時不小心撞上了鯉魚尾巴，鯉魚不知發生了什麼可怕的事，驚恐地跳出水面。鯉魚掉入水中時正好掉在鰱魚頭上，鰱魚大吃一驚，飛快逃跑。鰱魚正好撞在大青魚的頭上，他們在水中飛快翻滾，「嘩啦」一聲掀起了大浪。池塘裏的魚兒們不知發生了什麼恐怖的事情，頓時大亂，接二連三翻起了一個又一個大浪，把水弄渾了。

大青魚在調查這次事件的起因時，找到了泥鰍，對他說：「這次池塘裏的大浪是由你造成的，你要負責！」

泥鰍說：「我只不過撞了一下鯽魚，不關我的事。」

大青魚說：「你的魯莽行為造成了一個接一個的連環事件，翻起大浪和弄渾水都是你引起的！」

故事啟示

有時候，一個看似不經意的冒失行動，會帶來一連串的連鎖反應，造成嚴重的後果。只有大家都懂得禮貌，遵守秩序，才會有一個和諧的環境。

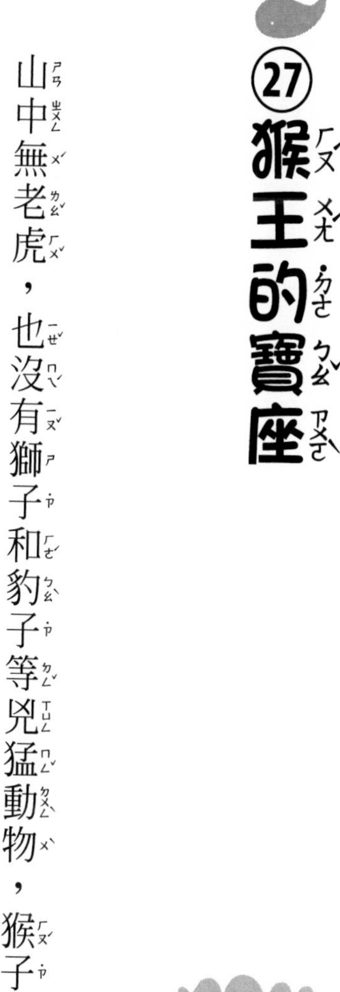

27 猴王的寶座

山中無老虎，也沒有獅子和豹子等兇猛動物，猴子當上了大王。猴子讓狗熊大臣負責指揮建造豪華的宮殿，讓狐狸大臣監督工匠為自己精心製作雕花寶座。

富麗堂皇的宮殿完工了，精緻氣派的雕花寶座也做好了，猴王十分高興，威風凜凜地坐在寶座裏給大臣們訓話。

訓話結束後，猴王對狐狸大臣說：「我坐在寶座中，不得不

仰著頭給站著的大臣訓話。這樣不僅頸部酸痛，而且也顯得沒有威嚴。」

狐狸大臣讓工匠把寶座四隻腳加高。猴王坐在加高了的寶座中，有一種高高在上的感覺，比原來威風多了。他給大臣訓話，再也不用仰視，而是居高臨下地俯視大臣。

一天，猴王對狐狸大臣說：「鄰國狒狒大臣要來訪問，你得把這寶座再加高一點，我坐著接見他才顯得威嚴。」

狐狸大臣又讓工匠把寶座四隻腳加高。猴王坐在再次加高了的寶座中接見狒狒大臣，感覺自己威風得很。

過了幾天，猴王對狐狸大臣說：「鄰國長頸鹿大臣要來訪問，聽說他個子特別高，你得把寶座再加高。」

狐狸大臣又讓工匠把寶座四隻腳再加高。接見長頸鹿大臣當天，猴王讓衛兵把又加高了的寶座放在宮殿前的廣場上，自己小心翼翼爬上去坐在裏面。突然一陣風吹過，原來就搖搖晃晃的寶座「嘩啦」一聲倒在了地上，摔得粉碎，猴王摔成了重傷。

不久，不為大家辦實事、愛出風頭的猴王被大家趕下了臺。他低著頭，一瘸一拐地離開了王宮。

故事啟示

辨實事、辨好事，會得到大家讚揚和擁護，而愛虛榮、作威作福就沒有好下場。

28 貪婪的狗熊

一條奔騰不息的小溪從森林中流過，清澈的溪水中有魚在游動，有時魚還高高躍出水面，掀起白色浪花。

黑熊和狗熊一起站在小溪的激流中，耐心等待抓魚的時機。黑熊看見一條大鯉魚在身邊游過，迅速低頭將大鯉魚一口咬住。

黑熊用手拎著大鯉魚，心滿意足地對狗熊說：「我今天運氣不錯，抓到一條大鯉魚！」

狗熊見一條鯉魚從身邊游過，迅速將鯉魚一口咬住。

狗熊用手拎著鯉魚看了看，不滿意地對黑熊說：「我的運氣不好，抓到的鯉魚比你的小。」

黑熊看了一眼狗熊抓的鯉魚，說：「你抓的鯉魚比我抓的鯉魚稍小一點，也不錯啊！」

突然，一條大鯉魚從狗熊身邊游過，狗熊急忙低頭將大鯉魚一口咬住。大鯉魚的勁特別大，拚命掙扎，還不停地用有力的尾巴拍打狗熊的眼睛。狗熊手中的鯉魚也不停亂跳，想掙脫逃跑。狗熊既

要不讓嘴裏咬著的大鯉魚掙脫，又要當心手中的鯉魚逃跑，累得滿頭大汗。

黑熊聽見動靜，回頭見狗熊抓了兩條鯉魚應付不過來，大聲說：「快把手中的鯉魚丟掉，用兩隻手分別抓住大鯉魚的頭和尾巴，這樣牠就動不了啦！」

狗熊聽見了黑熊的話，心想：「我等了半天才好不容易抓住兩條鯉魚，怎麼捨得丟掉一條呢？」狗熊涉水向岸邊走去，突然手中拎的鯉魚一個鯉魚翻身掙脫了，「撲通」一聲跳進了小溪中。狗熊急忙低頭去抓逃跑的鯉魚，他嘴中咬著的大鯉魚猛然一個鯉魚打挺，「撲通」一聲跳入了小溪中。

天色已晚，狗熊兩手空空地上了岸。他歎了一口氣，說：「我的運氣真差，已經抓到的兩條鯉魚居然都逃跑了！」

黑熊對狗熊說：「我覺得你的運氣夠好的了，如今你一無所有，是你自己過於貪婪的結果啊！」

故事啟示

貪婪使常常會讓你失去應該得到或者已經得到的東西。一個人應該要有清醒的頭腦，懂得滿足，拒絕貪婪。

㉙ 死要面子的老海龜

有一隻老海龜已經一百歲了，是大海中的老壽星，大家都很尊敬他。老海龜喜歡和小海龜們海闊天空地談他的遇險記，說自己遇到危險時是如何鬥智鬥勇安然脫險的。

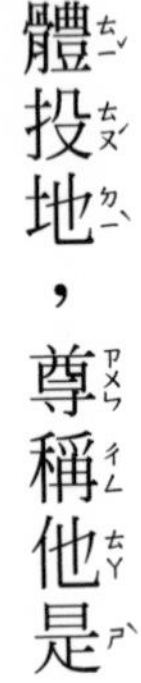

小海龜們聽了老海龜的話，個個佩服得五體投地，尊稱他是「智勇雙全的老爺爺」！

一天，老海龜來到沙灘上，他見幾隻小海龜在不遠處的一塊大石頭上玩，就爬了過去。老海龜想爬到大石頭上去，給小海龜們再講講他的歷險記。大石頭並不高，以前老海龜經常爬上去玩，這一回，他卻怎麼也爬不上去，每次一爬上去就立刻滑了下來。

小海龜們對老海龜說：「你年紀大了，動作不靈活了，讓我們拉你一把吧！」

老海龜想：「我自己是大名鼎鼎的百歲老海龜，如果讓小海龜幫忙，豈不大失面子？」於是故意笑著說：「誰說我爬不上去？再高的石頭我都爬過，剛才我只不過是先活動活動四肢，等會再爬上去。」

老海龜在沙灘上稍稍休息了一會，深吸一口氣，使出渾身的勁向大石頭上猛衝。哪知他用力過猛，身體失去重心，四腳朝天跌倒在沙灘上。小海龜們見了，都大吃一驚，要去幫他把身體翻轉過來。

老海龜擺擺手，故作輕鬆地對小海龜們說：「你們別大驚小怪，我是故意仰面朝天躺著的，這樣我的胸部就可以曬到溫暖的陽光，多麼舒服啊！」

過了一會，小海龜們一起跳入大海，游到別處去了。老海龜這才舞動四肢並且伸長脖子，想把身體翻轉過來，可是無論他怎麼努力，都翻不過來。幾個漁民輕而易舉就抓住了這隻百歲老海龜。

老海龜歎了口氣，自我安慰道：「還好，自己被抓時的狼狽相沒有讓小海龜們看到，總算沒有在他們面前失面子。」

故事啟示

俗話說：「樹要皮，人要臉。」人要面子無可厚非。但是，死要面子有時候也會引出嚴重的後果，甚至是慘痛的教訓。

㉚長臂猿的「寶貝」

長臂猿擺動著兩隻長長的手臂在河邊走過，在這裏玩翻筋斗的兩隻小猴好奇地問長臂猿：「你是誰啊，手臂這麼長？」

長臂猿知道小猴還是第一次見到自己，笑著說：「我是長臂猿啊！」

猴哥哥指著長臂猿的手臂，說：「你的手臂太長了，和身體的其他部位不相稱，難看死了！」

猴弟弟把自己的手伸到長臂猿面前，說：「你還是去醫院做手術，把手臂改短一些，那樣才合適。」

長臂猿笑著說：「長臂是我的特點，如果沒有長臂，我就不叫長臂猿了。再說，我的長臂在生活中很實用，這是我的『寶貝』，怎麼捨得把它們改短呢？」

猴哥哥對長臂猿說：「難看死了，這算什麼『寶貝』?!」

猴弟弟對猴哥哥說：「看著他怪怪的長臂我就不舒服，走，我們別和他在一起！」

兩隻小猴玩起了翻筋斗比賽，看誰一口氣翻的筋斗多。猴哥哥和猴弟弟越翻越快，失去了控制，「撲通」一聲翻入了河中。兩隻小猴一邊在水中掙扎，一邊拚命呼救。

長臂猿聽到呼救聲，急忙飛奔過去。他跳入水中，伸出兩隻長臂抓住猴哥哥和猴弟弟，把他們拉上了岸。

兩隻像落湯雞一樣渾身濕漉漉的小猴看著長臂猿，連聲說：「謝謝！」

長臂猿幽默地說：「如果我沒有這麼長的手臂，不可能這麼快就把你們救上來。」

兩隻小猴知道剛才自己錯了，臉刷地一下紅了起來。

故事啟示

對別人的長相評頭論足不禮貌的行為，譏笑、挖苦別人更是要不得的。要學會尊重別人、欣賞別人。

兒童・寓言04 PG1295

小學生寓言故事
——品德禮貌

作者／錢欣葆
責任編輯／林千惠
圖文排版／周妤靜
封面設計／楊廣榕
出版策劃／秀威少年
製作發行／秀威資訊科技股份有限公司
114 台北市內湖區瑞光路76巷65號1樓
電話：+886-2-2796-3638
傳真：+886-2-2796-1377
服務信箱：service@showwe.com.tw
http://www.showwe.com.tw

郵政劃撥／19563868
戶名：秀威資訊科技股份有限公司
展售門市／國家書店【松江門市】
104 台北市中山區松江路209號1樓
電話：+886-2-2518-0207
傳真：+886-2-2518-0778

網路訂購／秀威網路書店：http://www.bodbooks.com.tw
國家網路書店：http://www.govbooks.com.tw
法律顧問／毛國樑 律師

總經銷／聯寶國際文化事業有限公司
221新北市汐止區康寧街169巷27號8樓
電話：+886-2-2695-4083
傳真：+886-2-2695-4087

出版日期／2015年8月 BOD一版 **定價**／200元
ISBN／978-986-5731-29-8

秀威少年
SHOWWE YOUNG

國家圖書館出版品預行編目

小學生寓言故事 : 品德禮貌 / 錢欣葆著. -- 一版. -- 臺北
市 : 秀威少年, 2015.08
面； 公分
ISBN 978-986-5731-29-8(平裝)

859.6 104010266

讀者回函卡

感謝您購買本書，為提升服務品質，請填妥以下資料，將讀者回函卡直接寄回或傳真本公司，收到您的寶貴意見後，我們會收藏記錄及檢討，謝謝！
如您需要了解本公司最新出版書目、購書優惠或企劃活動，歡迎您上網查詢或下載相關資料：http:// www.showwe.com.tw

您購買的書名：________________________________

出生日期：________年________月________日

學歷：□高中（含）以下　□大專　□研究所（含）以上

職業：□製造業　□金融業　□資訊業　□軍警　□傳播業　□自由業
　　　□服務業　□公務員　□教職　□學生　□家管　□其它____

購書地點：□網路書店　□實體書店　□書展　□郵購　□贈閱　□其他

您從何得知本書的消息？

□網路書店　□實體書店　□網路搜尋　□電子報　□書訊　□雜誌
□傳播媒體　□親友推薦　□網站推薦　□部落格　□其他________

您對本書的評價：（請填代號　1.非常滿意　2.滿意　3.尚可　4.再改進）

封面設計____　版面編排____　內容____　文／譯筆____　價格____

讀完書後您覺得：

□很有收穫　□有收穫　□收穫不多　□沒收穫

對我們的建議：________________________________

____

____

____

請貼
郵票

11466
台北市內湖區瑞光路 76 巷 65 號 1 樓

秀威資訊科技股份有限公司 收

BOD 數位出版事業部

（請沿線對折寄回，謝謝！）

姓　　名：＿＿＿＿＿＿＿＿　年齡：＿＿＿＿　性別：□女　□男

郵遞區號：□□□□□

地　　址：＿＿＿＿＿＿＿＿＿＿＿＿＿＿＿＿

聯絡電話：(日) ＿＿＿＿＿＿＿＿ (夜) ＿＿＿＿＿＿＿＿

E-mail：＿＿＿＿＿＿＿＿＿＿＿＿＿＿＿＿